사랑그리기 10

# 눈을 감고 내 얼굴을 그려봐

사랑그리기 10

# 눈을 감고 내 얼굴을 그려봐

김형준 시집

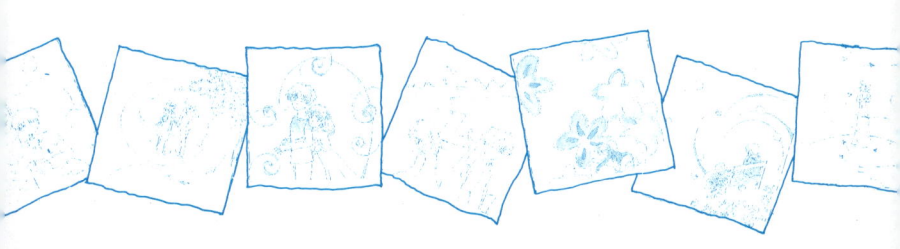

# 작가의 글

숨쉬는 동안만 '아주 잠깐이니까'
너만을 생각하고 싶어
비록 너는 다른 사람의 곁에 있겠지만
나 혼자만의 그리움으로 남겨두겠어
너무 걱정하지마
잠깐 동안만 널 생각하고 잊으려 해
숨쉬는 동안만 널 생각하는 건
그냥 지워버리기엔
우리들의 추억이 너무 아름답기 때문이야
다른 그 누군가를 만나더라도
잠깐 동안은 너를 생각할 거야.

무조건적인 사랑을 쏟아주시는 어머니
언제나 자상하신 아버지
그리고 내가 힘들어 할 때마다 힘이 되어준
친구 종필이 상호, 용준이, 동생 승연이
진범이형 모든 이들에게도 무한한 감사를……

김형준

# 제1부
## 너의 사랑 규칙은 너무 힘들어

## 제2부
## 난 언제쯤 너에게 가까이 갈 수 있을까

**제3부**
**하늘 높이 띄운 이야기**

## 제4부
## 아낌없이 주는 사랑

# 제1부

## 너의 사랑 규칙은 너무 힘들어

# 줄 끊어진 기타

너를 위해
싸구려 기타를 샀지
네가 좋아하는 가요부터 클래식까지
모조리 외워 버리려고 너 모르게 노력을 했지
그 기타는 나의 전부라고 느낄 정도로
내 생활의 모든 걸 차지했었지
내 방은 기타 하나만으로도
초라해 보이지 않았으니까

언젠가 너는 나에게
기타줄을 끊어 버리게 했지
마지막으로 너를 본 날
난 미련 없이
기타줄을 끊어 버렸어
기타를 보면
너에 대한 그리움으로
방황에 지친 나는 더욱 혼란스러웠지

지금은 애처롭게
나를 바라보는 기타
나의 방에 자리만 차지하고 있는
줄 끊어진 기타

내일은 꼭 버려야겠어
그렇지 않아도 방이 좁은데……

# 어렵지만 쉬운 사랑

만나서 서로 익숙해지면
어설프게 말을 놓지요

하지만
우리는 서로를 높이는
존칭을 쓰는 거예요

물론
처음에는 어색할 거예요
괜찮아요
우리 처음 만났을 때
많이 어색했잖아요
하지만 자주 보고
서로를 이해하고 나니
어색함을 떨칠 수 있었잖아요

그래요
우리 한 번 해봐요
만나면 편하고
서로를 이해하며
높여줄 수 있는
어렵지만 쉬운 사랑을 해봐요.

# 운 없는 사나이

맘먹은 대로 하려고 하면
무엇인가 방해하는 것이 있어
항상 실패하곤 하지

너의 관심을 끌려고 하면
난 꼭 실수를 하곤 하지
내가 운이 없다는 건 알지만
이건 너무하다고 생각해
좋아지려고 하면
어디서 남자 친구를 데려오는 건지
가지고 다니는 건지

굳은 다짐하고
고백하려고 하면
항상 누군가가 와서 방해를 하곤 하지
웬 친구는 그렇게 많은지

너의 모든 걸 좋아하고
너를 위할 순 있지만
항상 바보가 된 이 느낌은 정말 싫어.

# 꼭! 너의 목소리

따르릉!
느닷없이 전화가 나를 부를 때면
아무것도 아닌데 긴장하게 되고

여보세요!
수화기를 귀에 대는 순간 들려오는
친구 목소리에 실망하고

딸깍!
수화기를 내려 놓으면
뭔가 빠진 것처럼 허전함을 감출 수 없고

아마!
내 생각인데
너의 목소리가 그리워서가 아닐까.

16

# 시험 시간

눈을 감고
그녀의 상상 속으로 빠져들 때

누군가 나의 어깨를 어루만지죠
그녀가 나의 어깨에 기대며 나의 이름을 부르죠

내 눈을 보며 낮은 톤으로
나의 이름을 다시 부르죠
난 대답 대신 고개를 끄덕이며 미소를 보내죠

그런데
다시 한 번 나의 이름이 크게 불려지고
뒷머리가 아파오는데

눈을 뜨니
그녀는 사라지고
감독 선생님의 눈
'너 시험 다 봤냐'

어휴!
시험이 문제가 아니었는데
다시 돌아갈 수도 없고.

# 머피의 법칙

전화 벨소리에 그녀 얼굴이 떠올라
그냥 몸을 날렸지
여자 목소리더군 목소리를 깔았지
"엄마 바꿔."
큰 누나의 목소리에 맥이 풀렸지

호출기와 같이 방바닥을 기고 있었지
호출기가 요동을 치며 날 부르더라구
그녀 얼굴이 자꾸 떠올라
또다시 몸을 날려
공중에서 번호를 눌렀지
누군가 전화를 받더군
"야! 술값 없다. 빨리 나와."
으악! 저 호출기 분해해 버릴까
제 할 일 못하는 호출기 고소해 버릴까

그녀와 만나기로 약속해
오랜만에 시도해 보는 외출!
이 추운 날 샤워하고 무스까지 발랐는데
도대체 어디 있는 거야 집 열쇠를 못 찾아
또다시 나의 삶에 회의를 느끼는데
한참 후 어머니가 오셨다
속도 모르시고
"주말인데 집에만 있니."
그녀는 한참 동안 내 욕만 하다 갔겠지.

18

# 알 수 없어

약간의 관심을 가져주면
구속 받는 게 싫다 하고
늦게까지 술 먹을 때
데려다 준다면
생활에 간섭하지 말라고 하고
몸이 안 좋아 보여
밥 먹으로 가자면
다이어트해야 한다고 하고
약속시간에
조금만 늦어도
짜증이란 짜증은 다 내고
길 가다가
아는 여자라도 만나면
바람피는 거 아니냐고 박박우기는 그녀는
결국 나에게 기대는데
도대체
무슨 생각으로 날 만나는 건지.

# 가지고 싶은 건

어깨에 힘주고 살려면
많은 돈이 필요하지
그래서 많은 돈을 갖고 싶어
여행을 좋아하니까
비행기 한 대라도 있었으면 좋겠어
누군가 질문하면 대답할 수 있게
지식도 많이 쌓고 싶고
모든 운동을 잘할 수 있는
천부적인 재능을 갖고 싶기도 해

하지만
이 모든 걸 포기해도
갖고 싶은 건
너의 사진 한 장뿐인데
어디서 구하지?

20

# 네 곁에 있는 이유

아무런 생각 없이
네가 꿈 속에서 그 남자를 만날 때
난 한밤중에도
너의 잠자는 모습을
그려보곤 하지
아니,
항상 너의 모습을 생각해

네가 열심히 일할 때도
난 너의 모습을 상상하지
열심히 일한 후
의자에 걸터 앉아 쉬는 넌
아마 천사 같을 거야

말 못할 일들을
가슴에 품는 것보다
이렇게 글로 나타내고 나면
조금은 속이 후련해져

네가 좋아
무진장 보고 싶구
그리고 널 사랑해
네 앞에서는 할 수 없는 말들이지만
혼자서 하는데 뭐 어때
괜찮지?

# 인생은 영화

누구나 인생은 영화라고 느낄 때가 있지
나도 가끔 그런 생각이 들곤 해
어제도 느껴지더라
방바닥을 헤매다
문득 거리의 풍경이 그리워
오랜만에 외출을 했지
몹시 추웠지만 견딜 만했어
하지만 거리의 사람들 표정은
나를 초라하게 했지
연인들의 곁을 스쳐 지나갈 때
난 삼류 영화의 엑스트라 같았어
연인들은 주인공이고
난 엑스트라 같은 단역배우이고
하지만 문제없어
네가 내 곁에 있어 주면
나도 너도
영화 속의 주인공이 될 수 있을 테니.

# 지갑

꼬깃꼬깃해진 돈을 꺼내는
내 모습이 불쌍해 보였는지
넌 바로 다음 날
나에게 지갑을 선물해 줬어
그렇게 많은 관심을
가졌던 네가
지금은 내 마음 속에서
날 혼란시키고 있지
지금은 난
절대로 돈을 지갑에 넣지 않아
지갑엔 온통 너에 대한 그리움으로 꽉 차 있으니.

## 요구사항

두 팔을 벌려 봐 아주 크게
그래 그만큼 날 사랑해야만 돼
내 이름 크게 불러 봐 아주 크게
네가 외로울 땐 내 이름을 크게 불러야 돼
눈을 감고 내 얼굴을 그려 봐
아침에 눈뜨기 전 내 얼굴을 생각해야 돼
전화 받을 때 수화기를 두 손으로 꽉 잡아 봐
아주 꽉
그러면 내 체온이 너에게 전달될 거야

내 요구사항은 너의 마음에
항상 내가 있었으면 하는 거야
널 생각하는 내 마음만큼만.

24

# 첫 키스

가느다란 너의 허리를
감쌀 때 누구에게서도
느낄 수 없는 무언가를 느꼈지
사랑인지 먼지 모르지만
무지개빛 세계가 눈 앞에 어른거렸어

살며시 입맞출 때
난 또 다른 감정을 느꼈어
많은 생각이 떠올랐지만
기억나는 건 없어
다만 따뜻한 너의 입술이 감미로웠던 것밖에

이런 나의 감정을
어떻게 너에게 말해 줄 수 있을까.

# 너와 삐삐와의 관계

스스로 잘났다고 자신에게 위로하지
그런 마음은 얼마 안 있다가
또 다른 생각에 초라해진다

내 몸의 백분의 일도 안되는
조그마한 삐삐가 있는
허리춤에 모든 신경이 모여
나의 쓸모 없는 뇌세포를 자극한다

그러다가 갑작스런 허리에서의 진동이
나의 모든 모세혈관을 흔든다
그 순간
나의 모든 피로와 긴장감은
몸 밖으로 튀어나가 버린다
한참 동안 전화기를 붙들고
수십 번을 확인해도 네가 아닌 걸……

그래, 잊자
다시 시작해 보는 거지, 뭐
굳게 다짐을 하며 돌아서지만
몇 발자국 못 가
나의 신경은 또다시 허리춤에 모인다

너와 삐삐와의 관계를
도대체 이해할 수가 없다.

## 그대의 존재

그대를 사랑하는 동안에
많은 걸 알게 되었습니다
그대와 헤어지고도

많은 것이 남았다는 걸 알았습니다
비록 기억나는 건 없지만
가끔 무의식적으로 그대의 행동을
따라할 때가 많았습니다.
정신을 가다듬어 그대를 잊으려 했는데
나의 육체와 마음 그리고 영혼조차도
아직까지 그대를 그리워하는가 봅니다.

# 도서관과 ROCK 카페

처음 만났을 때
너는 아주 순진했었지
도서관과 집
그리고 학교밖에 몰랐던 너
항상 웃는 모습 때문에
편안함을 주던 너의 얼굴
나만 보면 행복하다며
서로를 믿었었지

언제가부터 나의 전화를 피하며
날 멀리하려는 느낌을 받았어
궁금하기도 했지만
네게 소홀했던 나였기에
이해하려 했어
나보다 더 잘생긴 남자
멋진 남자의 말에
너는 흔들렸겠지

어렵게 전화를 해서
우린 만났었지
달라진 너의 모습에 난 놀랐어
너만은 이런 모습
어울리지 않을 거라 생각했는데

손바닥만한 치마에 노란 머리
빨간 립스틱 사이에 낀 하얀 담배

후회했어
항상 너를 이해했다고 믿은 내가
널 이렇게 만든 것 같아
늦진 않았지만 나에게 오진 않겠지
예상했던 대로 너는
도서관이 아닌 ROCK 카페를
버스가 아닌 빨간 스포츠카를
내가 아닌 무스에 잘 차려 입은 남자를 택했어
널 보고 돌아오는 길에
왜 눈물을 흘려야 했는지
너는 절대루 이해 못 할 거야.

# 나는 너를 아는데

너를 아는 내가 이해하려고 했지만
이해할 수가 없었어
몇 번을 봤지만 확인하진 않았어
내 곁을 떠난 너를 생각하기조차 싫었어
오늘 예상했던 대로
너와 팔짱을 끼고 있는 그 사람을 만났었지
나는 아무렇지도 않은데 왜 너는 당황하지

나는 너를 아는데
왜 거짓말을 했는지 이해할 수가 없었어
잘못된 것 같거든
언제부터 내가 너의 선배가 됐는지
언제부터 내가 너희 동네에 살았는지
그 후부터 너는 비밀이 많아졌지

나는 너를 아는데
왜 피하는 건지 이해할 수가 없었어
내가 싫어진 건 아니겠지
언제부터 네가 새벽에 도서관에 가게 됐는지
언제부터 매일 학교에 나가야 했는지
그때부터 너는 나만 보면 바빠졌었지

나는 너를 아는데 넌 나를 떠나갈 거야
하지만 언젠가는 나에게로 오겠지.

# 사랑의 주문

떨어져 있을 때는
그녀 생각할 시간을 달라고 하고
시간을 주면
그녀의 목소리가 듣고 싶다고 하고
목소리를 들으면
그녀의 사진이라도 보고 싶다고 하고
사진을 보면 잠깐이라도
그녀의 얼굴을 보고 싶다고 하고
얼굴을 보면 잠깐이라도
그녀와 얘기를 나누고 싶다고 하고
얘기를 나누면 잠깐이라도
그녀의 손을 잡게 해달라고 하고
손을 잡으면 그녀를 한 번만
자기 품 속에 안게 해달라고 하고
품에 안고 나면 그녀와 하루 저녁이라도
같이 있게 해달라고 하고
같이 있고 나면
영원히 그녀와 떨어질 수 없다고 하고

결국

이별한 후 서로 다른 사람들과
반복되는 사랑을 하게 된다.

# 마법의 담배 연기

너를 처음 봤을 때
마법의 담배를 피웠지
하얀 연기를 내뿜으며
주문을 걸었어
나에게 관심을 가지라구
잠시 후 나는
너의 옆자리에 앉아 있었지
우와! 너무 신기했어
무슨 코미디도 아니고
아무튼 난 그냥 좋았어
좋아, 이번엔 하얀 연기 속에
주문을 걸어
날 좋아하게 만들어야지
우와!
나에게 전화번호를 적어 주더라구
됐어, 됐어 성공했어
우린 많은 얘기를 나누며 즐거웠었어
아쉬웠지만 내일 다시 만나기로 하고 헤어졌어

약속 장소에서
너를 기다렸어
어, 조금 늦나 보지
그런데 나도 모르게
하얀 담배 연기를 내뿜는 순간
너에게 멋진 남자친구가
있을지도 모른다고 생각했어
얼마 후 네가 나타났어
그런데
다른 남자와 팔짱을 끼고
날 못본 척하더라구
으아~ 어처구니 없는 상상이

그날 나는 담배를 세 갑이나 피웠어
하지만 절대로 주문이 안 걸리더라구
어휴, 목이야
집으로 돌아가는 길에 약국에 들러
약만 배부르게 먹었지.

# 사랑 규칙

처음 만났을 때
네가 주장한 사랑 규칙은
만나면 10시까지 집 앞에 데려다 줘야 하고
네가 영화비를 내면 난 저녁을 사야 되고
술은 특별한 날이 아니면 먹어선 안 되고
한 달 정도는 만나야
너의 손을 잡을 수가 있고
팔짱을 끼려면 최소한 두 달은 만나야 하고
세 달 정도 만나면
어깨에 팔을 올릴 자격이 생긴다고 했지
하루에 두 번씩 전화 보고도 해야 하고
10시 이후로는 절대 전화하면 안 되고
삐삐를 치면 1분 이내에 즉각 전화해야 하고
지나가는 여자 5초 이상 쳐다보면
바람피는 걸로 간주한다던 너의 사랑 규칙
친구들 만나 술 마시려면
최소한 이삼일 전에 보고해야 하는 사랑 규칙
무슨 일이 있어도 외박은
절대 용서할 수 없다는 너

너의 사랑 규칙은
너무 힘들어
평범한 사랑은 안 되나
이건 완전 감옥살이야!!

**제2부**

난 언제쯤 너에게 가까이 갈 수 있을까

# 사랑 연못

세상 모든 사람에게는
사랑의 연못이 있다
작고 깊지도 않은 연못
크고 깊은 연못

난 외로움이란 먼지와
쓸쓸함이란 흙탕물에 범벅이 되어
숲 속을 방황하고 있었어
우연히 너의 순진한
마음의 간판을 보고
간신히 너의 사랑 연못에 가게 되었지
연못 속에는 아주 많은 물고기들이 있었지
행복이란 물고기
아름다움이란 물고기

난 정신이 없었어
달려 들어가 한참을 놀고 있는데
사방이 어두워졌다는 걸 알게 됐어
나오려고 했지만 이미 늦었어
아무것도 보이질 않아
힘이 들고 지쳐 버렸어
마지막 몸부림마저
나를 더 깊이 빠져 들게 했어
너의 연못 속에서
빠져 나올 수 없을 정도로.

## 너의 곁으로

날개가 없어도 네게 갈 수 있어
뛰다 넘어지면 다시 일어나서 뛰고
뛰다 힘들면 걷고
조금이나마
가까이 갈 수 있다는 생각은
지쳐 있던 나에게 많은 힘이 되는 걸
내가 살아 있는 동안은
꾸준히 네게로 다가갈 거야
상상이 아닌
실제의 너의 모습을 멀리서나마 봐야겠으니
제발 널 감추진 말아줘
보지 못한다고 너를 잊는 건 아니니까.

# 돌아오는 길

당신과 만나고 돌아오는 길이었습니다
낯익은 거리지만
오늘은 아무것도 보이질 않습니다
순간 순간이 고통스럽게 느껴집니다
한 발자국 한 발자국
내딛을 때마다
그 충격은 정신을 울립니다
복받쳐오는 가슴 한 곳에서
무언가 터져나오지만
내 몸에서 나오는 거라곤
고작 눈물 몇 방울
그것만이 나의 마음을
위로해 줍니다.

# 접근금지

그대에게 바라는 건 없습니다
다만 당신에 대한
사랑을 막진 말아 주십시오
원하지 않는다 해도
당신 모르게 먼 발치에서나마
바라볼 수 있게 해주십시오
길고도 긴 세월을
기다릴 수 있습니다
저에게
오지 않으셔도 됩니다
다만
저의 행복을 막진 말아 주십시오
이 땅 위에 당신과 같이
숨쉬고 있다는 것
이런 것조차
나에게는 당신에 대한
사랑입니다.

# 지워지지 않는 얼룩

싸늘한 바람이 내 몸을 휘감을 때
느껴지던 너의 따스한 온기와 손길
너의 부드러운 미소가 너무나 그리워
다시 한 번만이라도
너의 사랑을 느끼고 싶어

울면서 바라보는
너를 뿌리칠 때
너의 존재를 잊으려 했어
아직도 너를 잊지 못하는 난
하얀 종이 위에 다시 시작하려 했지
하지만
하얀 종이 위엔
너의 눈물 자국이 너무 많아
이제 깨달았어
얼룩은 지워지지 않는다는 걸.

# 짝사랑

언제나 그랬듯이
나에게 아무런 느낌도 없는 너는
나에게 눈길조차 보내지 않았지
난
나의 존재를 네게 보여주기 위해
닥치는 대로
뛰지 않고서는 성이 차질 않았어
얼마 전 넌 나에게
고생이 많다며 인사치레로 말을 했지
나는 무슨 대답을 해야 했지만
그리움에 담겨있던
나의 감정들이 와르르 밀려나와
복잡해진 나의 머리를 혼란스럽게 했지
그 순간 너는 가볍게
눈인사를 하며 멀어져 갔지
나는 언제쯤
네 앞에 당당히 나설 수 있을까?

# 힌트는 바로 이것!

당신을 만나고
내 인생은
혼란과 방황 속에서
보내는 시간이 많아졌습니다

당신의 행복을 비는
이 순간에도
많은 생각과 고민 속에서
당신을 위해
무언가를 생각하게 됩니다

수학문제처럼 풀리지 않고
그물처럼 계속 꼬여가는
이 문제에 대한 해답은
당신만이 풀 수 있는 겁니다

당신의 행복은 나의 곁에 머무르는 것입니다
이것이 힌트입니다.

# 외줄 타기

제대로 서 있지도
못하는 내가
외줄 타기 사랑을 하고 있어
한순간의 실수에도
밑으로 떨어져 버리기에
순간 순간을 긴장 속에 있어야 하는
나의 심정

너의 평안을
다짐하지만
네 앞에 섰을 땐
항상 외줄 타는 기분이야
언제쯤
나를 편안하게 해주겠니.

# 하늘보다 먼 한 발자국

네 뒤에서 널 바라보다
네가 걸음을 멈추면
나도 따라 멈추고
땅을 한 번 보고

다시 뒤돌아 보면
하늘 향해 웃고
네가 나에게 다가오면
난 그냥 뒷걸음치고

난 언제쯤
너에게 한 발자국이라도
가까이 갈 수 있을까?

## 거울을 보는 이유

네가 그리워
이름을 수백 번 불러 보고
대답이 없으면
다시 수백 번 써 보고
느낌이 없으면
다시 한 번
너의 이름을
크게 세 번 부른다

그래도
아무런 변화가 없으면
거울 보고
그냥 웃고 만다.

# 볼펜

까만색 볼펜으로
공책에 너의 얼굴을 그렸지
다시 지우며
고개를 흔들지만
너의 목소리가
허전한 내 가슴 속에
메아리치곤 하지

또다시 까만색 볼펜으로
공책에 하나 가득 너의
이름을 썼어
계속 눈물이 흘러
공책은 얼룩진 까만색 잉크로 범벅이 됐어

이 볼펜으로
나의 마음을 전하려고 했는데……

# 방황의 끝

바람이 되어
여기저기 돌아다니며
방황하는 나는
이젠 나무가 되어
나의 방황을 마감해야겠다

흙을 벗삼아 이슬에 젖고
달빛의 은은함을 느끼고 싶다
이젠 나를 받아줄
기름진 대지가
날 그리워하니까

난 지금
너의 품 속으로 달려간다.

# 기다림

난 늘 널 기다려 왔어
약속 시간에 항상
늦는 너에게 짜증을 내곤 했지
한두 번도 아니고 매일 늦는 넌
첫인사가 항상 변명이었어

지금은
널 기다리는 동안
수백 개의 성냥을 부러뜨리고
몇 잔이나 냉수를 마시고
중학고 동창, 고등학고 동창 친구들에게
전화를 해서 수다도 떨었지
옆 테이블엔 계속 사람이 바뀌고
신문은 광고까지 암기할 정도로 보고
머리 위에 있던 태양은 이미 등 뒤를 지나
빌딩 속으로 숨어 버리고
한참 동안 너에 대한 그리움에
얼마의 시간이 흘렀는지 몰라

거리의 네온사인은 하나 둘 꺼져가는데
이렇게 난 널 그리워하며 기다리는데
너는 왜 아직 안 오는 거야
이미 내 곁을 떠나 버린 넌
혼자인 나를 기다림 속에서
방황하게 만드는구나.

# 향수

당신을 처음 보았을 때
무언가에 이끌려
당신에게 다가갔었죠
당신의 관심을 끌기 위해
유치하지만 개그맨도 되어 보고
음치지만 가수도 되어 봤죠

당신의 향기는
그 어떤 향수와 비교가 안 되었죠
당신을 좋아하기에
당신의 향기를 좋아했었죠

당신과 헤어졌을 때
또 다른 허전함은
나의 온몸을 감싸며
이 추운 날
나의 어깨를 움츠리게 했죠
당신이 나의 곁을 떠난 후
쓸쓸함을 달래기 위해
향수란 향수는 모조리 손에 넣었죠
결국
당신의 몸에서 풍기던
향수를 찾았죠

그러나
한 통을 다 뿌려 봐도
당신의 향기는 아니었죠
난 또다시
당신에 대한 그리움에
외로움을 동반하게 됐죠

이제 다시는
당신의 향기를
맡을 수 없다는 걸 알면서도
나의 그리움은 커져만 갔죠.

# 낙서광

하루에 수백 번씩 너의 이름을 적고
외우고 하던 일이 꽤 오래됐는데
난 아직도 부족한 느낌을 받아
지금 너의 생각에 잠겨 있는데도
외우고 외우고 끊임없이 적고
벌써 수십 권에 이르렀는데
아직도 너의 이름 석자를 못 외웠나 봐
너에 대한 그리움을 낙서로
이해하려는 거 같지만
그건 너의 존재를 나에게 인식시키는 작업 같아
하루에 수백 번씩 너의 생각을 하는 난
너에게 무엇을 바라며 낙서를 하는지
세월 속에 잊혀지기만을 기다리며
난 다시 공책을 열어 낙서를 하지.

# 지켜지지 않을 결심

아니야, 이런 게 아니야
넌 알잖니
한 번 본 후 절대 그리워하지 않는다는 거
사실은 거짓말이었나 봐
아주 많이
그리워지고 보고 싶어지는 걸
말 안하려고 했는데
이번엔 용기를 내서
자신있게 말해 버릴 거야
아니야, 절대 그럴 순 없어
지금처럼 그냥 지내자
하지만 다시 태어나면 널 꼭 붙잡을 거야.

## 바라보고 싶을 뿐

슬퍼지는 건 싫지만 바라는 것 같아
혼자가 편하다지만 아닌 것 같고
널 안 보면 자유로워질 거라 믿었는데
지금은 하염없이 방황하는데 어떡하지
그렇다고 널 찾아갈 수도 없고
멀리서라도 널 바라볼 순 없을까?

# 생각나는 건 너의 목소리뿐

항상 활기찬 전화 음성에
또 다른 행복을 느꼈던 나
가냘픈 목소리의 네 모습을 상상하곤 했지
PC통신에서 만나 서로의 이름밖에 모르고
전화 통화로 친해졌을 때
나에게도 반기는 상대가 있다고 믿었지
신상명세서처럼
너에 대한 모든 걸 묻고 짜맞추며
너의 모습에 가까이 가려 상상을 하지
하지만 너의 모습을 떠올리려면
항상 시야엔 어둠뿐이야
결국
생각나는 건 너의 목소리뿐.

# 넌 평강공주

숨어서 본 너의 모습에
조금이라도 다가가기 위해
얼굴을 절반쯤 내밀었지
그때 너의 모습은 사라져 버렸어
섭섭한 내 마음
넌 모를 거야

누군가 뒤에서 보는 듯한 느낌을 받았어
살짝 웃으며 나를 보는 눈에
장난기가 어른거렸어
민망하기도 했지만 무척 당황했었지
그런데 너는 손을 내밀며 용기를 내라고 했지
날아가는 기분 행복했었어
매일 너와 만나더라도
머릿속엔 온통 너의 생각뿐인 걸
너의 모든 것을 사랑해
용기를 주는 너의 행동은
나의 사랑을 정착시켜 주는 거야.

# 외로운 사랑

서로 잊기로 하면서
늘상 해오던 말
이별이란 걸 하게 됐지
네가 곁에 없어진 후
난 비로소 너의 존재를 새롭게 인식하게 되었지

널 그리워하게 된 거야
자유롭고 편할 줄 알았는데
얼마 전
무심코 거리를 거닐다 너를 봤지
너는 예전과 같은 모습이었어
즐거워하는 모습이 예전보다 더 이쁜 거 같아
달라진 게 있다면
너의 곁에는 내가 아닌 다른 남자가
너와 같은 표정으로 있다는 거지
난 힘들고 아파하는데
너는 왜 더 행복해하는 거니
물론 너의 행복을 빌어 주긴 했지만
웬지
마음 한구석이 허전한 걸
역시 널 사랑하나 봐.

제3부

하늘 높이 띄운 이야기

## 후회

멀리 떨어져 있을 때
너의 사랑 당연한 거라 생각했어
너의 다정했던 한마디
무심코 흘려 버린 나의 이야기
이해할 수 없다고 생각했던 모든 일
난 이제서야
너의 무거웠던 생각을 알 수 있을 것 같아
짧았던 나의 생각과 나의 믿음
슬픈 믿음은 날 안타깝게 할 뿐
돌이킬 수도 없잖아
그래 너의 맘을 돌리고 싶진 않아
하지만
이제는 너에게 말할 수 있을 것 같아
너만을 사랑했었다고.

# 괴로움의 바다

힘차게 달려드는 거친 바다의 손길
결국은
몸에 몇 방울의 흔적을 남긴 채 되돌아가고

하얀 분노는 나의 맘을 아프게 하지
보잘것 없는 나를 갈구하는 심정을 이해하고 싶은데

이미 너의 곁에 머무를 수 없다는
나의 생각은 돌이킬 수 없을 것 같아

나도 물론 너의 품에 안겨
너의 따스한 체온을 느끼고 싶어

파란 지평선은 너의 굳은 마음을 나타내고
가라앉는 태양은 너의 심정을 나타내는 거 같아

보잘것 없는 난
아무것도 해줄 수가 없기에

목놓아 울부짖고 싶다
쏴아! 쏴아!
잊어버려야겠다.

# 내 곁을 떠난 날

아무 소리도 들리지 않아
깜깜한 사방에 아무것도 보이질 않아
행복하지도 슬프지도 않아
아무런 생각도 떠오르지 않아
몸이 허공에 떠 있는 거 같아
무엇인가 진득한 액체가 몸을 감싸고 있어
한참 후 정신이 들 때
멀리 가물거리는 너의 뒷모습이 보일 뿐
뜨거운 무언가가 가슴 한구석을 스치고
떠나는 건가 보내는 건가
잊기엔 너무 많은 곳을 차지했던 너
이별
그래 또 다른 만남을 약속하는 과정일 뿐.

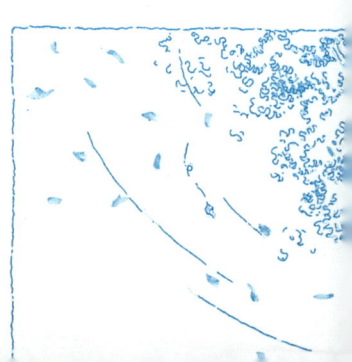

# 추억

내가 너를 잊지 못하는 건
미련 때문만은 아닐 거야
너의 품 속에서 행복했던 시절
그 시절이 그리웠을 뿐이야
슬픈 영화 같은 일들을
되새기며 지내고 싶진 않아

사랑했던 일들을
잊지 못하는 건
첫사랑 때문만은 아닐 거야
처음 느꼈던 사랑을
영원히 간직하고 싶을 뿐이야
내 곁에 머물러 주길
바라진 않아
넌 다시 오지 않을 테니까.

# 기다리는 만남

만남을 핑계로
더 이상의 이별은 싫다
정해진 인생을
바라보며 즐기고 싶다
가슴 속 깊은 곳
한 가닥의 희망을 보며
그녀의 모습을
상상하지만 부질없는 짓
기다리다 지친 나의 삶이여
이제는
순리대로 살아가려고 하지만
나의 모든 것이
그녀를 갈망하는데……

난 단지
또 다른 만남보단
기다렸던 만남을 하고 싶다.

# 이별

만남의 후자인가
추억의 전자인가

기쁨인가
슬픔인가

누구를 위한 걸까

만남 뒤엔 무엇이 있을까
행복 뒤엔 무엇이 있을까

아픈 흔적을 어떻게 지우지

추억으로
아니면 또 다른 만남으로.

# 이별의 말은 횡설수설

이 순간을 영원히 붙잡아 주세요
마지막 순간은 너무 허무합니다
아껴서 마신 커피인데
야속하게도 한 방울도 남지 않았군요
눈물을 보이기 싫지만 울어야겠어요
마지막이란 말은 안돼요
그런 말은 싫어요
내 곁에 영원히 있어 주세요
저기 돌아가는 시계바늘마저
야속하게 느껴지네요
마지막이라는 말은 하지도 마세요
지금 전 행복해요
현재로써 만족할 뿐이예요
마지막으로 한 번만 안아 주세요
그렇지 않으면
영원히 당신의 향기를
잃어버릴 것 같아요.

# 시선

머리를 숙이면
보이는 거라곤 땅뿐이다
머리를 들면
탁 트인 푸른 하늘이 상쾌하다

요즘 나는 땅만 보며 다닌다
죄인인양 터벅터벅
땅만 보며 다닌다
혹시나 그녀와 마주칠까 봐.

# 마음 속의 갈망

아무것도 모르는 나에게
넌 슬픈 이별을 가르쳐 주었지
넌 떠나 버리고
난 깜깜한 들판에 혼자 서 있지
앞이 전혀 보이질 않아
무서울 정도로
여지껏 우리 둘 사이의 일을
망각한 채
어두운 들판을 헤쳐나가야 해
돌아와줘
나의 빛이 되어줘
막막한 내 삶의 길에
빛을 뿌려 준다면
내 영혼은
그 빛만을 따라갈 테니.

# 버릇들

난 너에게 해준 것이 없었지
만났을 때도
헤어졌을 때도
하지만 넌 나에게
많은 걸 주었지
만나면서는
행복했던 추억
이별 후에는
혼자 술 먹는 버릇과
담배 필 때 꼭 한숨을 쉬는 버릇
술자리에선
분위기 파악 못하고 횡설수설하는 버릇들
전화만 보면
아무 곳에나 걸고 싶은 충동마저
너 때문에 생긴
나쁜 버릇이야.

# 외출

얼어버린 아스팔트 위를 걸으면
차가운 냉기가 다리를 지나
가슴 속으로 밀려들고
캐롤송이 따갑게 들어온다

에이, 밖에 나오지 말 걸
보이는 건 다정하게 팔짱 낀 연인들
혼자 다니는 게 이렇게 창피할 줄 몰랐다
내가 아는 모든 사람들
행복하게 이 겨울을 보내고 있겠지
슬프도록 답답한 내 삶은
어디서 누가 따뜻하게 해줄런지.

# 비나 눈이 오는 날

비나 눈이 오는 날
아니나 다를까 생각나는 그녀
서로 잊기로 다짐한 것이
벌써 6개월이 지났지만
지금 눈이 오는 이 순간
역시 네가 내 곁에 없는 것 빼고는
다른 것이 없었다

겨울엔 언제나 눈이 내리지만
나의 맘속에는 추억들이 쌓여
쓸쓸함을 이기지 못하고
고개를 떨구어 버린다

눈 오는 날 우리의 첫만남은 행복했었는데
비 오는 마지막 날
왜 우리는 서로를 이해해주지 못했을까
그 빗물은 우리들의 사랑을
모두 씻어가 버렸지

눈 오는 지금은
추억도 아닌 아픈 그리움으로
내 육체를 짓누르고 있어
비나 눈이 오는 날은
항상 힘들어.

# 목적 없는 여행

이제는 나도 여행을 떠나야겠어
어딘가는 있을지 모르니까
너와의 이별 뒤 밀려드는
허전함과 외로움을 달래줄
그 무언가를 찾아 헤매야 하잖니

혹시나
너와 똑같은 모습을 하고
똑같이 사랑해주는
그 누군가가 있지 않을까

떠나기 전 할 일이 있지
그 무언가를 찾기 위해
너와의 추억을 잠시 네게 맡기려고 해
자유로운 여행길에서 돌아오면
네게 맡겼던 우리들의 추억을 줄 수 있겠지
그런데
찾지 못하면 어떡하지.

# 그리움 덧칠하기.

말 몇 마디 던져 놓고 휙 돌아서 가버린 너
형식적인 인사 몇 마디가 무척 고맙고 반가웠는데
이젠 아쉬울 것도
그리워할 것도 없다고 생각했는데
지금은 쓸쓸함이 나의 어깨를 짓눌러
남아있던 마지막 힘마저 송두리째 뽑아가 버린 걸
외로움에 고개를 떨구고
추위에 어깨를 움츠리고
이젠
발길을 어디로 옮겨야 할지.

## 그리움 덧칠하기 2

외로움을 견딜 수 없기에
방황에 취미를 붙이려고 노력했고
추위의 쓸쓸함을 떨치려 했는데
나에게서 모든 것이 떠난 후
공허함에 허탈감마저 든다
아는 거라곤 이름뿐이고
할 수 있는 거라곤 그리워하는 것
원하는 건 얼굴 보고픈 것뿐인데
볼 수도 없기에 더 힘이 드는구나.

# 추억의 환상곡

이제 다시 올 수 없는 그리운 추억
냉정하게 떠나 버린 야속한 그대
말하지마 가슴 아픈 그때 일들을
생각하면 괴로우니까

바람처럼 스러진 나의 가슴은
불빛 위에 울고 있는 이슬이 되어
햇빛이 나의 얼굴을 비출 때
모두 잊고 떠나겠소

아하, 그대
하늘 높이 띄운 이야기
우리들의 가슴 속에 남아서
사랑이란 이렇게
말 못하고 그리움에 울고 있는 것일까

미련 없이 잊으려고 눈을 감아도
나도 모르게 떠오르는 그대의 모습
하염없이 흔들리는 낙엽 되어
모두 잊고 떠나가겠소.

# 빈자리

지금 서 있는 이곳은
예전엔 강이었지
메말라 버렸기에 땅이 되었어
한 번 말라 버린 강엔
다시는 물이 흐르지 않겠지
물 대신 다른 것들로 꽉 차 있으니

내 가슴 속에는
너에 대한 사랑이 꽉 차 있었는데
나의 곁을 떠난
지금은 텅 빈 공허함만 느낄 뿐
추억도 행복도 조금씩 아주 조금씩 사라졌지만
추억이 말라 버린
내 가슴엔 그 무엇으로도 채울 수가 없었어
이제 남아 있는 거라곤
너에 대한 아픔과 잊지 못할 미련뿐이지.

# 핑계

찬바람이 내 귀에 살짝 스칠 때
코 끝이 찡하고 눈물이 난다
정말이야 단지 추워서 나는 눈물이야
너의 말 한마디 때문은 아니야
나도 네가 행복하길 바래
난 충분히 이해할 수 있어

그런데
뜨거운 커피 앞에서 왜 눈물이 날까
뜨거운 열기가 눈에 들어간 걸까, 우습다
아마도
널 사랑했나 봐.

# 아낌없이 주는 사랑

그래 우연이었어
그건 행복의 시작이라 할 수 있지
하얀 눈보단 비를 더 낭만적이라 생각했던 너
언어적 표현으로는 날 사랑하지 않았던 너
하지만 너의 모습에 날 사랑한다는 것이 보여
그래, 지금까지 사랑이 이루어진 걸
난 행복으로 여겨

하지만
우리는 사랑을 너무 키우기만 했어
커지면 커질수록 이별의 아픔 또한 커질 테니까
조금씩 잘라내고 다듬으면 아름다운 사랑으로
키울 수 있었을 텐데

우린 사랑을 너무 방관만 한 거 같아
다듬으며 사랑했으면 이별도
멋진 추억으로 남을 텐데
간다고 떠난다고 널 미워하는 건 아니야
단지 사랑은 아직까지 나에게 어울리지 않는
사치품 같거든.

제4부

아낌없이 주는 사랑

# 여행

눈을 들어봐요
파란 하늘 끝에서
누군가 손짓을 하죠
하지만 갈 수 없어요
하늘마저 꽁꽁 얼어 버린 걸
온힘을 다해
뛰어 오르려 하지만 안돼죠
혼자서는 안된다는 걸
새삼 느낄 뿐이죠

이리 와요, 같이 해요
아무도 없는
저 곳으로 같이 가요
강렬한 무언가가
우릴 힘차게 부르잖아요
하늘 끝에서
우리를 부르는 손짓을 따라서 떠나요.

# 내 친구 꼴통 1

내 친구 중 꼴통으로
불리는 친구가 있다
다른 모든 면에서는
굉장히 멋있는 녀석이다
하지만
연애하는 걸 보면
영락없는 꼴통이다
아무리 수학이 싫어도 그렇지
애인 전화번호 정도는 외워야지
영어 단어는 잊어버리라고 외우는 거지만
약속 장소에다 시간까지 잊어버리면 어떡하냐
지나간 역사를 다시 들추긴 뭐하지만
3월 1일이 무슨 날인지
8월 15일이 무슨 날인지는 알면서
그녀의 생일날 달력을 들추며
아무 날도 아니라고 박박 우기는
넌 도대체...

그러면서도
사랑은 모든 걸 초월한다고
우기는 넌 참 꼴통이야.

# 내 친구 꼴통 2

며칠 전
네 여자친구 생일이 다가온다며
뭘 선물해야 할지 모르겠다고
내게 물어보던 너
너무 멋졌어
하지만
그녀 생일 전날
나에게 전화해서 말했지
서랍 속에서 공돈 발견했다고 좋아하며
술 먹자던 넌
도대체 뭘 생각하고 있는 거니.

# 일기를 안 쓰는 이유

난 일기를 쓰지 않아
귀찮기도 하지만
나의 생활을 직접적으로
나타내기 싫기도 하구

아무 일도 없는 날은
낙서를 하고
누군가와 만났었다면
누굴 만났는지
나만 아는 식으로 몇 자 적지
이것이 내 생활에 맞는 것 같아

난 절대로
일기를 안 써
내가 지내왔던 날을
흔적으로 남기기는 싫으니까.

## 내일 속에서

뭐 하고 있을까?
너를 못 본 지 꽤 되었거든
아마 아주 많은
시간이 우릴 방해했지
너는 아무것도 모른다지만
느낌은 있을 거 아냐
그런 느낌도 없으면
네게 필요한 사람은
내가 아닌가 봐
하지만
아무런 느낌도 없으면
만들면 되지 뭐
오늘이 아니면 내일 너에게 보낼 거야
나의 느낌을……

# 알면 안 되는 이유

내가 그리워지진 않을 거야
왜냐하면 넌 나를 모르니까
나도 널 몰라
이름, 얼굴
이 정도면 많이 알고 있는 건가?
네가 만나는 남자에 대해서는
조금은 알아

알면 알수록
그리움 속에 아픔은 커지지만
자꾸 너에 대해서
많은 걸 알고 싶어져
하지만 걱정되는 건
네가 나의 존재에 대해서
알까 봐 두려워
넌 그 남자를 사랑하잖아.

## 노래가사

각자 서로의 행복을 빌어 주며
헤어진 날
왜 이리 허전한지
허전함을 달래기 위해
라디오를 켰지
노래가 나오는데
어! 이상하다
가사가 내 얘기잖아
혹시 하고 다른 노래를 들어봤지
어! 왜 이러지
이번 것도 내 얘기잖아
너 이 노래 듣고 있니
노래대로라면 넌 나쁜 아이가 돼버렸어
난 순진한 착한 아이가 됐는데......

# 인연

나 인연이라는 단어가 그리워서
만들러 가는 중이야
사람들 많은
종로, 명동, 압구정동…
하루종일 돌아다녔어
옷깃만 스쳐도 인연이래서
어깨가 빠져라

밀고 다녔는데
인연은 없고 돌아오는 건
따가운 눈총과 아픔뿐이었어
영화 보니까 남들은 잘하던데.

## 마지막으로 해야 할 일

우린 이별이 아니야
아무런 사이도 아니었잖아
단지 지금보다는
서로를 못 본다는 거지
그런데
왜 눈물을 보이는 거니
설마
날 사랑했던 건 아니겠지
난 부담없이 만나는 사이라고 말한 거 같거든
넌 왜 아무런 얘기가 없는 거니
할 말이 없는 거니
그럼 우린 행복했던 일들을 기억하며 헤어지자
그리고 너의 눈물을 닦아줄게
마지막으로
내가 해야 할 일 같아서.

91

# 그녀의 친구

난 그녀와 같이
이런저런 얘기 즐겁게 하며 거릴 걸었지
그때 넌 우리에게 와 그녀의 친구라며
인사를 했었지
예전에 친했다며 우리와 함께 어울렸어
저녁도 같이 먹고 많은 얘기를 나누었지만
너는 몰랐을 거야
내가 너에게 어떤 감정이었는지
너와 그녀는 내가 어색한 줄 알았겠지만
사실은 그게 아니었어
너에게 관심이 있었던 거였어
며칠 후 장난 삼아 그녀의 수첩을 봤을 때
너의 호출번호를 봤어
머리 나쁜 내가 어떻게 한 번 보고 외웠는지
널 본 후
그녀와 난 조금씩 멀어져갔고
난 너의 호출번호를 외우고 외우고…

# 수다쟁이의 아픔

한두 번이 아니야
말이 많다던 내가
왜 너의 앞에 있으면 웃기나 하고
할 말이 떠오르지 않는 걸까
그러면 넌 답답하다며
시선을 밖으로 돌리곤 했지
하지만 난 널 보면 그냥 좋아
마냥 행복하구
단지 우리 둘만의 시간을
즐기고 싶을 뿐인데
몇 번인가 넌 친구들을 데리고 왔지
난 우리 둘만의 시간을
그 어떤 누구에게도 빼앗기기 싫었어
하지만 난 너의 얼굴을 보는 것만으로 만족했지
말도 없이
얼마 후 넌 내 곁을 떠났어
친구들에게 너에 대한 수다를 떨었는데
나 어떡해
이젠 내가 답답해
내가 뭘 잘못했지
난 그냥 웃기만 했는데……

## 낙서

처음부터 이런 느낌은 갖기 싫었어
세상 모든 일들은 이해할 수가 있어
하지만 너에 대한 감정은 나 자신도
이해할 수가 없어
숨길 수밖에 없고
그리고 널 바라볼 수밖에 없거든
왜냐하면 네가 나의 감정을 알아버린 날에는
더 이상 네 주위에서 너의 모습을 볼 수가 없어
그래서 너 몰래 이렇게 낙서를 하며
스스로를 위로하려 했지
우습기도 해
넌 아무것도 모르는데……

94

## 도루묵

슬픈 하늘을 보면 멋적은 듯 웃지만
넌 알 거야 이런 나의 심정을
하얀 도화지 위에 떨어진 먹물처럼
너의 한 마디 나는 왜 지우질 못할까
지우려고 하면 할수록 번지는 걸
도화지 전체가 먹물에 젖어 버리면
그땐 정말 돌이킬 수가 없는데.

# 잊어버렸던 너 I

처음부터 난 잊지 못할 거라 했지만
지금은 너를 잊을 거란 다짐을 했어
너와의 추억들을 한조각 한조각 그리며
남아 있던 눈물과 아픔을 모두
흘리며 버텨왔지만
이제는 더 이상 너를 위해 흘려줄
눈물과 감정들은 느낄 수가 없어

너를 다시 본 순간
머릿속에는 추억의 조각들이 스치며
한 편의 영화를 만들었지
그저 바라볼 수밖에 없었던 나
난 많이 당황했었어
너의 흐려지는 눈과 기다리는 듯한 눈을 외면한 채
아무렇지도 않은 듯 하늘을 보며
너의 앞을 지나쳤지만
이미 나의 마음과 감정들은 너를 향해 달려가는 걸

한참 후 네가 서 있던 자리에 갔었지
사라진 너의 모습을 그리며
한참 동안 너를 찾아봤지만
이미 사라진
너의 자리엔 슬픔과 아픔만 남아 있었지.

# 잊어버렸던 너 2

잊혀질 거야
운명을 믿지 않았기에 슬픔을 삼켜버린 거야
삶이 힘겨웠을 때
우연히 너의 모습을 봤지
순간적인 감정은 오묘했고
수많은 단어들이 떠올랐지만
고개를 숙인 채
너를 외면할 수밖에 없었어
세월은 나의 용기와 희망
이 모든 것들을 가져갔지
숨어서 너의 마지막 모습을 보려 할 때
마주친 너의 눈은
당황했던 나를 더욱 당황하게 했어
도망치듯 그곳을 빠져 나와 힘껏 달렸어
너의 모든 것을 그곳에 남겨둔 채.

# 보름달의 눈물

어두운 밤 아무도 없는 저 높은 곳에
항상 홀로 세상을 보는 친구
외로움인지 슬픈 사연 때문인지
언제나 처량해 보이는 친구
소리 없이 아무도 모르게 흘리는 눈물

이제는 잊혀질 때도 되었을 텐데
왜 잊지 못하고 있을까
손을 내밀면 힘이 되어줄 텐데
왜 홀로 비밀을 간직하려고 하는지
언제나 아침이면 들킬 일들을

친구가 떠나 버린 후
자리에 남는 건
나뭇잎 위에 흘려 놓은 눈물 자국
닦아줄 수도 없는데……

# 시계 사랑

되돌아갈 수 없는
바보 같은 사랑이여

한번쯤은 뒤돌아보는
여유 있는 사랑을 해보고 싶은데

세상에는 시계처럼 지나가면
절대 돌아오지 않는 게 많은데

우리의 행복했던 사랑놀이도
아쉬웠던 이별놀이조차도

기억만 할 뿐
다시 돌아갈 순 없잖아

시계도 한바퀴 돌면
처음 그 자리로 돌아오는데

우리의 사랑은
언제쯤 다시 처음 그 자리로 돌아갈 수 있을까.

# 어색한 사이

친구의 연인이었던 너를 만났을 때
둘다 서로를 무척 사랑하고 있구나
나의 첫느낌이었어
누가 보아도 느낄 수 있을 만큼
친구와 너는 따뜻해 보였어

내색은 하지 않았지만 많이 부러웠지
너에게 이끌리는 나를 느꼈지만
친구에게 상처를 주기 싫었어
내가 할 수 있는 일이라고는
함께 어울리며 너를 아끼는 것뿐……

그래 나 혼자 너를 좋아한 건 사실이야
너도 눈치를 채고 있었다는 걸 알아
그후 넌 나와 만나는 걸 어색해 했지
언젠가 너의 소식이 끊겼을 때
너의 모습을 상상하며 그리워했었어

친구가 부럽기도 했지만
웬지 모를 미움에 멀어져 갔지
한동안 연락도 없다가
우연히 너의 얘길 들었을 때
너와 내 친구는
서로 다른 사람을 만나고 있었지

후회하고 있어 나의 그때 그 감정들을
우리는 친구로 남았어야 했는데
어린 마음에 사랑을 핑계로
우리의 우정은 지워져 갔지

그래도 난 널 아직까지 사랑해
너의 마음을 돌리고 싶었지만
더 두려운 건 너의 마음에 나의 자린 없어
멀리서나마 너를 바라보며
너와의 추억을 그리며
너의 뒷모습을 바라볼 뿐

그래, 이젠 나도 사랑을 알 것 같아.

# 인형

아무것도 안 보이는
조그마한 내 책상 위에

가로등 불빛이 창문을 밀어 제치고
조그마한 곰인형에게 손짓을 하네

가지 못하게 말리고 싶지만
불빛이 너무 아름다워 멍하니 바라만 보고 있었지

곰인형은 애처로운 표정으로
나에게 무언가 바라는 듯 눈짓을 보내지만

어떡해 나도 불빛에
사로잡혀 있는 걸

한참을 고민하다가
문득 정신을 차렸을 때

이미 불빛은
곰인형의 마음을 뺏은 채 달아나 버리고

눈 감은 채 허공을 응시하는
곰인형과 나는 차가운 달빛만 느끼고 있네

늦지 않았다고 생각했는데.

## 창문 밖으로

파란 하늘이 온통 회색으로 변할 때
가만히 창가에 앉아 있습니다
하얀 연기를 내뿜을 때
비로소 나를 느낍니다
지난 일들을 추억으로 되새길 때
빗물이 창문에 부딪칠 때마다
느껴지는 것은 내 가슴 속의
아팠던 상처를 만지는 것 같습니다
담배 연기에 모든 아픔과 괴로움을 담아
빗속에 던지려고 했지만
가슴 깊이 박혀 나오려 하질 않습니다
그리움 속에 보낼
나의 인생은
나로 인해서 더욱 힘들어질 것입니다.

**눈을 감고 내 얼굴을 그려봐**

지은이/김형준
펴낸이/최순철

초판1쇄 인쇄일/1996년 10월 10일
초판1쇄 발행일/1996년 10월 15일

펴낸곳/도서출판 등불
서울시 마포구 구수동 68-2 대건빌딩 302호
전화 715-8716 팩스 715-8717
출판등록/1994년 4월 19일(제10-969호)

값3,500원
ISBN 89-8028-047-5 03810
잘못된 책은 바꾸어 드립니다.

# 어느날 문득
## 네가 그리워지면
## 그러면…어쩌지? 1

### 임우현 시집

**풋사과처럼 싱그러운 젊은 날의 사랑이야기!**

무작정 슬퍼지면?
울어버리면 되지 뭐

한없이 기쁜 날에는?
그냥 웃어버리지 뭐

♪

그런데
오늘 또 네가
무작정 그리워지면
그러면 어쩌지?

내가 그 아이를 사랑하고 있
다는걸 어떻게 표현할지 모르겠어 이것이 사랑일까?

등 불 사 랑 그 리 기

# 어느날 문득
## 네가 그리워지면
## 그러면…어쩌지? 2

### 임우현 시집

군생활의 외로움과 그리움이
잔잔한 감동으로 다가온다!
그리운 연인에게
그리운 친구에게
**사랑**을 선물하세요!

나 너를 위해
시를 써
너만을 위한
시를 써

첫만남에서
오늘까지
그리고
아주 아주 먼 미래까지
널 그리며
시를 써

나 너를 위해

# 나 말없이 눈물 흘릴때

## 차기환 시집

잊혀지지 않는 사랑의 추억
가슴시린 사랑의 아픔

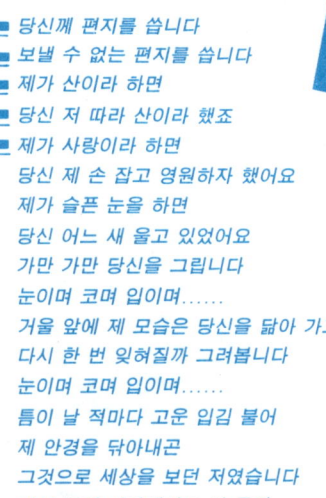

당신께 편지를 씁니다
보낼 수 없는 편지를 씁니다
제가 산이라 하면
당신 저 따라 산이라 했죠
제가 사랑이라 하면
당신 제 손 잡고 영원하자 했어요
제가 슬픈 눈을 하면
당신 어느 새 울고 있었어요
가만 가만 당신을 그립니다
눈이며 코며 입이며……
거울 앞에 제 모습은 당신을 닮아 가고
다시 한 번 잊혀질까 그려봅니다
눈이며 코며 입이며……
틈이 날 적마다 고운 입김 불어
제 안경을 닦아내곤
그것으로 세상을 보던 저였습니다
당신 등에 사랑해라고 써 주면
제 손에 나도라고 써 주었어요.

# 가슴으로 부르는 이름하나

## 김경구시집

지울 수 없는 사랑의 이름 하나
가슴 가득 묻어두고
노래하네
이 밤 하얗게 지새우며 노래하네

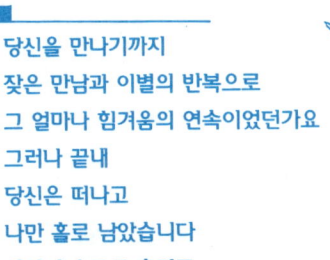

당신을 만나기까지
잦은 만남과 이별의 반복으로
그 얼마나 힘겨움의 연속이었던가요
그러나 끝내
당신은 떠나고
나만 홀로 남았습니다
시간이 흐르고 흘러도
당신은 언제나 제 가슴 한켠에 남아 있습니다
당신 떠난 지금껏 생각해 보니
당신만큼 따스한 사람 없더이다
당신만큼 편안한 사람 없더이다
당신만큼
당신만큼 나를 울리는 사람 또한 없더이다

등 불 사 랑 그 리 기

# 다음 세상에 우리
# 연어가 되기로 해요

### 정재희 시집

## 가슴을 울리는 순결한 사랑의 언어 !

내가 그대를
영원히 사랑하고 싶은 것은
그대만큼
날 설레게 할
사람이 없기 때문이다

세상의 아름다움이 작은 꽃잎에 맺힌
이슬 한방울에서 시작되듯,
사랑의 용기도 일상의 정성스러움에서
출발하는 것이 아닐까요?
사랑하는 이를 진정 귀하게 여기며
사랑하는 이를 위해 햇살 가득한 세상을
꿈꾸어 보시면 어떨는지요?

등 불 사 랑 그 리 기

# 사랑으로 우리 함께 하는 날이 온다면

### 김진수 시집

**젊은 날의 사랑과 이별 그 향기가 느껴지는 책!**

이 어둔 세상에 사랑의 빛이 되고 싶었던

한 어린 왕자의 얘기를 담은 한편의 드라마처럼 펼쳐질 이 시집을

여러분들과 함께 하고 싶습니다. 좋아했던 기억, 행복했던 기억, 사랑했던 기억,

즐거웠던 기억, 슬펐던 기억, 괴로웠던 기억들이 한 페이지 한 페이지를

넘길 때마다 여러분의 가슴속에 스며들었으면 하는 바람입니다

– 작가의 말 중에서

등 불 사 랑 그 리 기

# 그리워 눈을 들어도 보이지 않는그대

## 석희숙 시집

**꾸밈없는 열아홉의 사랑·우정**
**그리고 삶의 모습을 그린 시**

항상 간직되는 그 어떤 이름이고 싶어라.

무구한 세월과 시간이 지난 후에

그대 가슴 속에 영원히 죽지 않는 항상 그대로인

그 어떤 이름이고 싶어라.

이 세상 끝나는 날까지 그대 마음에 항상 남아 있는

그 어떤 이름이고 싶어라.

어느날 문득 네가 그리워지면 그러면…어쩌지? 3

# 향기있는 추억보다는
# 나만의 사랑을 원해요

## 임우현 신작 시집

소박하고 진솔한 언어의 감동이 느껴지는 시!

작은 사랑을 꿈꾸는
시인 임우현의 진지한 고백!

난 천사가
되었으면 해

아무도 모르게
그대만의 꿈속에 나타나
우리만의 행복한 천사가 되었으면 해

힘들어도 고달퍼도
희망을 줄 수 있는
그런 천사가 되었으면 해

# 사랑하는 사람이 곁에 있다면

## 그 사람에게 한번 더 사랑한다고 말하세요

### 최애리 시집

사랑하게 될 연인이라면
처음 본 눈빛에서
이미 예정되는 운명

숨길 수도 없지만
숨긴다 해도 들켜 버릴
우연처럼 이어지는 만남

느끼는 사랑을 확인하려
맘에도 없는 타인을 안아 버리는
가슴에 이는 질투

진정 사랑하기에
떠날 수밖에 없는 이별

멀리 있기에 더욱 간절한 사랑

다시 보지 않으면 미칠 것 같은
사랑 앞에 달려가
무릎 꿇고 하는
영원한 사랑의 고백

다시는 당신을 떠나지 않겠어.

꿈이 많은 아이
그래서 잠을 자면
꿈만 꾸는 잠꾸러기

말이 많은 아이
그래서 잠만 자면
잠꼬대를 하는 아이

비밀이 많은 아이
그래서 술에 취해도
몸과 정신이 말짱한 아이

정말 엉뚱한 아이
그래서 사랑받는 아이
바로 나.

슬픈 사랑 아름다운 이별의 노래

# 그리움의 끝에 서있는 그대에게

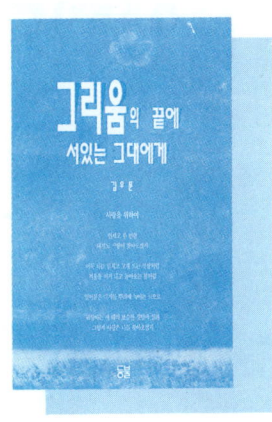

**살아있는 감성, 빛나는 젊음이 숨쉬는 책 !**

한없이 순수했던 시간이 있었습니다.
폭발적인 열정으로 밤을 새웠던
이루지 못한 사랑에 한껏 눈물을 쏟았던
무작정 치열하게 살았던
푸른 시간이 있었습니다.
그 젊은 날의 이야기를 생생하게 그려낸 책!
**그 리 움 의 끝 에 서 있 는 그 대 에 게**
당신이 잊고 있던
젊은 날의 아름다움을, 그 열정을 찾아드립니다!

등불 예반 시선 1

<누군가에게 무엇이 되어>의 바로 그 작가
예반의 '94년 최신작

# 그리움에도
# 추억이 있다면

예반 지음/신현철 옮김

**보리가 있는 책, 바로 생명의 양식입니다**
**수확의 기쁨과 결실의 풍요로움을 느껴보십시오!**

사랑을 가로막고 있는 것은 아무것도 없다.
다만 그릇된 방향을 향하여 나아가고 있는 사람에게는
사랑이 다가가지 않는 것이다.
진정한 사랑의 순간을 알지 못하는 한, 우리는
최후의 순간까지 빛이 없는 세계를 떠돌고 있을 뿐이다

등불예반시선 2

<누군가에게 무엇이 되어>의 바로 그 작가
예반의 '94년 최신작

# 사랑에도
# 추억이 있다면

예반 지음/이종창 옮김

누군가에게 다가가고자 하는 사람,
누군가를 소유하고 싶어하는 사람,
그리고 특별히
누군가를 기억하고자 하는 사람은
이 책과 만나십시오!
사색하는 즐거움을 느낄 수 있습니다!

# 원고를 모집합니다

저희 등불 출판사에서는 귀하의 옥고를 책으로 만들어 드립니다. 가슴에 묻힌 아름다운 추억, 살면서 겪어야 했던 기막힌 사연, 자손에게 물려주고 싶은 인생경험담, 작가의 꿈을 이루기 위해 써두었던 문학작품 등을 출판해 드립니다.

문장에 자신이 없거나 용기가 없어 망설이는 분을 위해 저희 출판사 편집진이 항상 기다리고 있습니다. 언제든 연락바랍니다.

※원고는 반환하지 않음을 알려드립니다.

● ● ● ● ● ● ● ● ● ● ● ● ● ● ● ● ● ● ● ● ● ● ● ● ●

**모집원고** : 시, 소설, 수필, 희곡, 일기, 편지, 자서전,
문집, 회갑기념집, 사진집, 동인지, 기타
직업에 관련된 수필집 등

**모집일시** : 수시

**보낼곳** : 서울시 마포구 구수동 68-2호 대건빌딩 302호
등불 출판사 편집부
( 우:121-130, TEL:715-8716)